Ulli Schubert

# Leselöwen
## Elfmetergeschichten

Zeichnungen von Heribert Schulmeyer

Loewe

*Der Umwelt zuliebe ist dieses Buch
auf chlorfrei gebleichtem Papier gedruckt.*

ISBN 978-3-7855-6018-1
1. Auflage 2008

Umschlagillustration: Heribert Schulmeyer
Reihenlogo: Angelika Stubner
Rätselfragen: Sandra Grimm
Printed in Germany (017)

www.loewe-verlag.de

# Inhalt

# Fußballweisheiten

Nur noch wenige Augenblicke sind zu spielen. Zwischen dem VfL 93 und Fortuna Neudorf steht es immer noch 0:0, obwohl sich die Fortunen eine Chance nach der anderen erspielen. Doch Marius und Sonja, die beiden Stürmer, haben keinen guten Tag erwischt und lassen die besten Möglichkeiten ungenutzt. Selbst aus fünf Metern Entfernung trifft Marius nicht ins Tor, sondern köpft den Ball meilenweit daneben. Es ist zum Haareraufen!

Doch der VfL spielt auch nicht besser. Andi, der Mittelfeldmotor der Fortuna, fängt den zögerlichen Entlastungsangriff bereits kurz hinter der Mittellinie ab. Sofort startet er einen letzten Versuch, doch noch das entscheidende Tor zu erzielen. Er spielt einen weiten Pass in die Hälfte des VfL hinein.

Diesmal hat Sonja aufgepasst.

Sie spurtet los und erwischt den Ball einen Meter innerhalb des gegnerischen Strafraums.

Plötzlich rauscht ein Abwehrspieler heran. Er versucht, den Ball aus der Gefahrenzone zu befördern, doch dabei trifft er nur das Bein der Fortuna-Stürmerin. Sonja schreit auf und stürzt zu Boden! Ein heftiger Schmerz durchzuckt ihr Bein von der Wade bis zum Oberschenkel.

Marius ist als Erster bei ihr.

„Bleib liegen“, raunt er ihr zu. „Das gibt Elfmeter!“

Tatsächlich, der Schiedsrichter pfeift und entscheidet auf Strafstoß.

Sonja rappelt sich auf die Beine. Die getroffene Stelle tut noch ganz schön weh. Trotzdem schnappt sie sich den Ball, um den Strafstoß selbst zu verwandeln. Schließlich ist sie eine gute Elfmeter-Schützin.

„Was hast du vor?“, fragt Marius und versucht, Sonja den Ball wegzunehmen.

„Ich schieße“, sagt Sonja sehr energisch und bringt den Ball hinter ihrem Rücken in Sicherheit.

„Aber das darfst du nicht“, behauptet Marius ernsthaft.

Sonja lacht.

„Weißt du etwa nicht, dass der Gefoulte niemals selbst schießen soll?“, fragt Marius.

„Wer sagt das denn?“, will Sonja wissen.

„Eine alte Fußballweisheit“, sagt Marius.

Sonja verzieht ihr Gesicht. „Das ist doch Blödsinn!“

„Ist es nicht“, widerspricht Marius. „Immerhin ist es eine Fußballweisheit ...!“

Der Schiedsrichter unterbricht die beiden Streithähne.

„Habt ihr euch endlich entschieden, wer den Elfmeter schießen soll? Wir haben nicht bis heute Abend Zeit!“

„Gleich“, sagt Sonja und wendet sich wieder Marius zu. „Wenn wir schon bei Fußballweisheiten sind, dann hätte heute wohl besser Conny für dich gespielt. Mit ihr haben wir nämlich letztes Mal gewonnen. Und eine Mannschaft, die gewonnen hat, soll man niemals verändern!“

Marius wird blass. Vergangene Woche hat seine Oma ihren 60. Geburtstag gefeiert, und seine Eltern waren unerbittlich. Marius musste mit zu der Feier und dafür das Spiel ausfallen lassen. Für ihn hat Constanze gespielt. Mit ihr haben die Fortunen nicht nur gewonnen – Conny hat auch noch das entscheidende Tor erzielt!

„Das ist doch etwas ganz anderes“, zischt Marius.

„Ist es nicht“, sagt Sonja und grinst überlegen.

„Wohl!“

„Gar nicht!“

„Du hast doch keine Ahnung von Fußball!“, schimpft Marius.

„Aber du!“, höhnt Sonja.

Die beiden streiten sich heftig, und bestimmt hätten sie sich noch schlimmer in die Haare gekriegt, wenn nicht plötzlich der Schiedsrichter gepfiffen hätte. Marius und Sonja drehen sich um und sehen gerade noch, wie Andi Anlauf nimmt und den Elfmeter unhaltbar im Tor versenkt!

Der Torschütze reißt jubelnd die Arme hoch.

Sonja schaut erstaunt auf ihre leeren Hände. Sie hat gar nicht bemerkt, dass Andi ihr den Ball weggenommen hat.

Strahlend läuft Andi zu Marius und Sonja.

„Es gibt da noch eine Fußballweisheit“, sagt er und zwinkert den beiden zu. „Wenn zwei sich streiten, freut sich der Dritte ...!“

*Wie heißt die Stürmerin? Tausche die letzten beiden Buchstaben gegen zwei andere, und du erhältst einen Ball, der am Himmel schwebt!*

*Trage das Wort auf Seite 61 bei Nummer 1 ein.*

# Der Nörgler

„Jetzt reicht's!“

Danny, der Mannschaftskapitän, knallt wütend die neueste Ausgabe der Vereinszeitung auf den Tisch.

„Was ist?“, fragt Marina, die rechte Außenverteidigerin.

„Er hat es schon wieder getan!“, schimpft Danny.

Der Stürmer schlägt die Seite mit den Berichten über die Spiele der E-Jugendmannschaften auf und hält Marina die Zeitung hin.

„Hier, lies selbst."

Tatsächlich! Seit Wochen macht ein Reporter die 1. E-Jugend schlecht. Dabei ist die Mannschaft Tabellenführer und hat am vergangenen Wochenende sogar 5:1 gewonnen! Doch dem Autor des Spielberichts genügt das nicht. Vor allem mit Dannys Leistung ist er nie zufrieden.

„Der mag dich nicht", sagt Marina und liest laut vor:

*„Leider hat Danny Krause nach drei Treffern aufgehört, Fußball zu spielen. Der Mittelstürmer vergab weitere Torchancen vollkommen überhastet. Kurz vor dem Abpfiff verschoss er auch noch einen Elfmeter. Schade, so wird Danny in dieser Saison ganz bestimmt nicht Torschützenkönig!"*

„Verschossen? Von wegen!“, ruft Danny verärgert. „Der Platz war schuld, der Ball lag in einem Loch. Aber das interessiert den ja nicht. Der glaubt wirklich, dass ich mit Absicht vorbeigeschossen habe. So ein Blödmann!“

„Du solltest dich wehren“, meint Felix.

„Wie denn?“, fragt Danny. „Ich weiß ja nicht einmal, wer der Typ ist. Er unterschreibt immer nur mit ‚P.K.‘!“

„Weil er ein Feigling ist“, zischt Marina. „Aber wir kriegen trotzdem raus, wer er ist.“

„Ja, das kannst du nicht auf dir sitzen lassen!“, sagt Felix bestimmt.

„Kein Stück“, sagt Marina. „Und ich hab auch schon eine Idee, wie wir den Nörgler überführen können. Der hält sich bestimmt selbst für den tollsten Fußballspieler! Und so kriegen wir ihn!“

Die beiden Jungs sehen sich fragend an.

„Und was heißt das jetzt genau?“, will Danny wissen.

„Wart’s nur ab“, sagt Marina geheimnisvoll.

Am nächsten Wochenende hat die Mannschaft ein Heimspiel. Fast 30 Zuschauer stehen am Spielfeldrand. Sie sind ganz schön überrascht, als sie plötzlich Marinas Stimme aus den Lautsprechern hören.

„Guten Morgen! Wir, die 1. E-Jugend, ärgern uns seit Wochen über die Spielberichte in der Vereinszeitung.
Sie sind falsch und auch noch schlecht geschrieben! Außerdem glauben wir, dass der Schreiber selbst überhaupt nicht Fußball spielen kann, und wir fordern ihn auf, uns das Gegenteil zu beweisen!
Stellen Sie sich einem Elfmeterschießen mit Danny, unserem besten Torschützen – wenn Sie sich trauen!“

Gespannt lässt Danny seinen Blick am Spielfeldrand entlangschweifen. Ob Marinas Plan klappt?

Plötzlich betritt ein junger Mann den Platz und geht auf die Mannschaft zu. Es ist jemand, den Danny sehr gut kennt.

„Paul?!“, sagt er erstaunt.

„Dein Bruder?“, sagt Felix.

Danny kann es nicht fassen. Aber dann wird ihm einiges klar. Paul hat es selbst nicht in die erste Mannschaft seiner Altersklasse geschafft und ist richtig neidisch auf seinen jüngeren Bruder.
Er lässt keine Gelegenheit aus, Danny zu ärgern und ihn zu kritisieren.

Aber das wird sich Danny nicht länger gefallen lassen. Entschlossen legt er den Ball auf den Elfmeterpunkt.

„Jeder schießt fünfmal“, sagt Danny. Er nimmt Anlauf und jagt den ersten Ball unhaltbar in die Maschen.

„Jetzt bist du dran, Paul!“

Sein Bruder nimmt den Ball und legt ihn sich ebenfalls zurecht. Allerdings nicht sehr sorgsam. Als er ein paar Schritte zurückgeht, bewegt sich der Ball nämlich. Wie von Zauberhand berührt, rollt er ein paar Zentimeter zur Seite und bleibt in einer Kuhle liegen. In derselben Kuhle, die eine Woche zuvor auch Danny bei dem Elfmeter zum Verhängnis wurde!

Doch Paul hat davon nichts mitbekommen. Er läuft an, schießt – und der

Ball fliegt meilenweit am Tor vorbei ins Aus. Dannys Mitspieler lachen, klatschen und johlen, und auch Danny grinst vor lauter Schadenfreude. Doch dann überlegt er es sich anders.

„Schade, Paul“, sagt er ernsthaft, während er sich den Ball für seinen zweiten Elfmeter zurechtlegt. „Aber mach dir nichts draus, das kann schließlich jedem mal passieren ...!“

Der Bruder nickt nachdenklich, und Danny verwandelt ganz überlegen auch seinen zweiten Elfmeter.

*Findest du das Wort, in dem die Buchstaben „bp“ genau so zusammenstehen? Wie lautet es?*

*Trage das Wort auf Seite 61 bei Nummer 2 ein.*

# Kapitän des Jahres

Käpten Schlotterbauch hat Angst! In einer Woche steigt das große Fest der Piraten, und er hat noch nichts vorbereitet. Dabei ist er in diesem Jahr der Gastgeber!

Insbesondere der Kampf der Kapitäne macht ihm Sorgen, der Höhepunkt einer jeden Piratenparty. Jeder Piratenkapitän muss etwas einsetzen. In diesem Jahr ist es eine Insel in der Südsee. Der Sieger des Kampfes ist der „Kapitän des Jahres“ und bekommt alle Inseln als Preis.

Käpten Schlotterbauch hat aber noch nie einen Kampf gewonnen. Deshalb war er auch noch nie „Kapitän des Jahres“.

Und auch für dieses Mal sieht er schwarz. Dabei geht es um die Südseeinsel!

„Keine Sorge“, beruhigt ihn der schlaue Sören. „Ich habe nämlich einen Plan. Als Gastgeber hast du doch die Wahl der Waffen?“

„Ja, schrecklich!“, jammert Käpten Schlotterbauch. „Das ist das Schlimmste, dass ich die Waffe auch noch selbst auswählen muss, mit der die anderen mir eins auf den Piratenhut geben!“

„Nein, am schlimmsten wäre, wenn wir unsere schöne Ferieninsel verlieren würden“, widerspricht der flinke Finn.

„Deine verlorenen Kämpfe haben uns in den letzten drei Jahren schon das Ersatzboot, ein Geheimversteck und zwei Fässer Rum gekostet. Diesmal musst du gewinnen!“

„Gewinnen?“, fragt Käpten Schlotterbauch entsetzt. „Ich weiß doch gar nicht, wie das geht. Und richtig kämpfen kann ich auch nicht!“

„Das musst du auch nicht“, sagt der schlaue Sören. „Denn in diesem Jahr werdet ihr nicht gegeneinander kämpfen, sondern ein Elfmeterschießen austragen!“

„Elfmeterschießen? Was ist das denn?“, fragt der Käpten.

„Das habe ich in einer Flaschenpost gelesen“, erklärt der schlaue Sören.
„Auf dem Festland werden auf diese Weise Fußballspiele entschieden.“

„Fuß-ball-spie-le?“, fragt Käpten Schlotterbauch ahnungslos, und auch die anderen wissen nicht, wovon Sören redet. Aber das stört den schlauesten aller Piraten nicht.

„Lasst mich nur machen“, sagt er.

Eine Woche später, am Tag der Piratenparty, ist der große Augenblick da. Die wildesten und gefürchtetsten aller Piratenkapitäne warten ungeduldig auf ihren Kampf.

Sören hat alles vorbereitet. Am Strand neben dem Hafenbecken steht ein merkwürdiges Gebilde. Zwei Holzstangen stecken etwa sieben Meter voneinander entfernt im Sand, und oben, in knapp zweieinhalb Metern Höhe, verbindet eine weitere Holzlatte die beiden Pfosten miteinander.

„Was soll das denn sein?", fragen die Piratenkapitäne.

„Das ist ein Tor", erklärt der schlaue Sören. Er zählt von der Mitte der beiden Pfosten elf Schritte ab und zieht mit der Hacke einen dicken Strich. „Einer stellt sich ins Tor, und die anderen schießen von hier aus."

„Schießen? Mit Pistolen oder was?!", poltert Käpten Krummsäbel.

„Aber nein", antwortet Sören. „Mit Kanonenkugeln."

„Oha!", rufen die anderen Piraten

überrascht. So einen harten Wettkampf hätten sie Käpten Schlotterbauch gar nicht zugetraut.

„Ihr schießt allerdings nicht mit Kanonen“, sagt Sören.

„Sondern?“, fragen die Piraten.

„Mit dem Fuß“, sagt der schlaue Sören. „Der flinke Finn stellt sich zwischen die Pfosten, und ihr müsst versuchen, die Kanonenkugel an ihm vorbeizuschießen.“

„Lächerlich!“, tönt Käpten Einauge, der stärkste und gefährlichste aller Piraten-

kapitäne. Er nimmt Sören die Kugel weg, legt sie auf die Linie und läuft an ...

„Aua, aua, aua!“, jammert er einen Augenblick später. Käpten Einauge hat so kräftig zugetreten, dass er sich glatt den Fuß verstaucht hat!

Käpten Schlotterbauch nimmt Sören beiseite.

„Bist du verrückt geworden?“, schimpft er. „Was ist das für eine Schnapsidee? Soll ich mir etwa den Fuß brechen?“

„Natürlich nicht“, raunt der schlaue

Sören und drückt seinem Käpten eine ganz besondere Kugel in die Hand. Sie ist genauso schwarz und ebenso groß wie eine Kanonenkugel, aber viel leichter.

„Was ist das?“, fragt Käpten Schlotterbauch.

„Eine angemalte Pampelmuse“, antwortet Sören leise. „Wir wollen doch unsere Ferieninsel behalten!“

Auf Käpten Schlotterbauchs Gesicht macht sich ein dickes Grinsen breit. Selbstbewusst schiebt er die anderen Piratenkapitäne beiseite. Drei von ihnen humpeln bereits mit schmerzverzerrten Gesichtern davon.

„So, jetzt schaut genau hin! Ich zeige euch mal, wie das geht!“, ruft Käpten Schlotterbauch. Siegessicher legt er die schwarze Kugel zurecht, läuft an und schießt ...! Der flinke Finn hat noch nicht einmal gezuckt, da fliegt die Pampelmuse schon an ihm vorbei ins Tor und platscht weit hinten ins Meer.

Die anderen Piratenkapitäne sind schwer beeindruckt! Einauge höchstpersönlich erklärt Schlotterbauch zum Sieger!

Elf Ferieninseln in der Südsee gewinnt der neue „Kapitän des Jahres“, und natürlich bekommen der flinke Finn und der schlaue Sören jeder eine Insel ab.

*Suche in dieser Geschichte ein Wort, in dem vier „s“ versteckt sind! Wie lautet es?*

*Trage das Wort auf Seite 61 bei Nummer 3 ein.*

# Daniels große Chance

„Rot! Das ist Rot!“, schrie der gegnerische Trainer, und er hatte recht.

Sebastian war viel zu spät aus seinem Tor gelaufen und hatte deshalb nicht den Ball getroffen, sondern den Stürmer der anderen Mannschaft. Mit einem Aufschrei war er zu Boden gestürzt. Dort lag er immer noch. Er hielt sich das Bein und wälzte sich mit schmerzverzerrtem Gesicht auf dem Rasen. Alle hatten das Foul gesehen – auch der Schiedsrichter.

„Elfmeter“, sagte er, denn das Foul war im Strafraum passiert. Dann zog er auch noch die Rote Karte und zeigte sie Sebastian.

„Was?!“, schrie Sebastian entsetzt und redete lautstark auf den Schiedsrichter ein. Doch der blieb hart.

Die Zuschauer pfiffen, Sebastians Mitspieler beschimpften den Schiedsrichter, und der Torwart selbst wäre am liebsten im Erdboden versunken. Nur die gegnerischen Spieler freuten sich über den Platzverweis – und Daniel!

Seit Monaten wartete der Ersatztorhüter darauf, endlich einmal spielen zu dürfen. Woche für Woche trainierte Daniel genauso hart wie Sebastian, und in den Trainingsspielen hielt er manchmal sogar besser als der Torwart Nummer eins. Davon war Daniel jedenfalls fest überzeugt. Doch Daniel bekam nie die Möglichkeit, sein Können zu beweisen, nicht einmal in den unwichtigsten Freundschaftsspielen. Deshalb hatte er in letzter Zeit sogar schon darüber nachgedacht, den Verein zu wechseln.

Doch jetzt war auf einmal alles anders. Jetzt musste der Trainer ihn aufstellen, ob er nun wollte oder nicht.

Unaufgefordert zog Daniel seinen Trainingsanzug aus. Dies war seine große Chance, denn bestimmt würde Sebastian für ein paar Spiele gesperrt werden. Wenn Daniel jetzt keinen Fehler machte, könnte er für den Rest der Saison im Tor stehen. Dann müsste Sebastian auf der Bank sitzen und Daniels tolle Paraden bewundern!

Als der Torhüter ziemlich geknickt bei der Trainerbank ankam, versuchte Daniel gar nicht erst, sein hämisches Grinsen zu unterdrücken.

„Jetzt bin ich dran!“, sagte er von sich überzeugt. „Ich zeige euch mal, was ein richtiger Torwart ist!“ Er sagte es leise, mehr zu sich selbst, aber der Trainer hörte es trotzdem.

„Sammy, mach dich bereit“, sagte er zu dem einzigen Verteidiger, der noch auf der Bank saß, und rief dann die beiden Stürmer zu sich: „Marek! Hamit!“

Die beiden Jungs trabten zur Seitenlinie.

„Marek, du bleibst draußen“, bestimmte der Trainer und schickte Sammy auf den Platz, um die gute Abwehr noch mehr zu stärken.

„Und ich?“, fragte Hamit.

„Du gehst ins Tor!“

Daniel zuckte zusammen. Er konnte einfach nicht glauben, was er da gerade gehört hatte.

Hamit übrigens auch nicht.

„Ich?“, fragte der Stürmer irritiert. „Warum nicht Daniel?“

Der Trainer sah den Ersatztorhüter prüfend an, dann schüttelte er den Kopf.

„Daniel ist noch nicht so weit“, sagte er.

Hamit zog einen Torwartpullover über und stellte sich zwischen die Pfosten. Der gegnerische Elfmeterschütze legte sich den Ball zurecht.

„Geh rein, bitte, geh rein!“, flehte Daniel leise.

Doch Hamit ließ sich einfach nur nach links fallen und konnte den schwach geschossenen Strafstoß tatsächlich halten! Während seine Mitspieler begeistert jubelten, konnte Daniel seine Enttäuschung kaum verbergen.

Plötzlich tauchte der Trainer neben ihm auf.

„Fußball ist ein Mannschaftssport“, sagte er. „Denk mal darüber nach, wenn du nächste Woche im Tor stehen willst!“

Daniel ließ den Kopf sinken und nickte. Vielleicht war „nachdenken“ in diesem Fall gar nicht mal so schlecht ...!

*Wie oft entdeckst du das Wort „Tor“ in dieser Geschichte? (Achtung, es kann auch Teil eines zusammengesetzten Wortes sein!)*

*Trage die Antwort auf Seite 61 bei Nummer 4 ein.*

# Was tun?

Jedes Jahr im Mai feierte die Lothar-Matthäus-Grundschule ein Frühlingsfest. Der Höhepunkt war dabei immer das Fußballspiel der Schüler gegen die Lehrer. Sogar Herr Baumgarten, der Schulleiter, machte mit, obwohl er schon uralt war.

Im Tor der Schüler stand in diesem Jahr Serkan. Im Fußball war er wirklich der Allerbeste und behielt auch in brenzligen Situationen den Überblick. Mit lautstarken Anweisungen dirigierte er seine Abwehr: „Geh links, Simon!“ – „Bleib bei Frau Kaiser, Maja!“ – „Macht die Mitte dicht!“

Die Lehrer hatten keine Chance, ein Tor zu erzielen, so sicher stand die Abwehr der Schüler. Auf der anderen Seite sah es allerdings genauso aus, und so stand es zur Halbzeit immer noch 0 : 0.

„Wir müssen die Abwehr lockern und mehr nach vorne spielen, sonst schießen wir nie ein Tor“, meinte Kati beim Seitenwechsel.

„Nein, wichtiger ist, dass wir die Abwehr stärken!“, forderte Serkan.

Doch der Torhüter konnte sich nicht durchsetzen. Die Schüler wechselten

Maja aus und ersetzten sie durch einen weiteren Stürmer.

Es kam, wie es kommen musste. Die Lehrer machten nach dem erneuten Anpfiff immer mehr Druck, und Serkan musste einige Male mit bundesligareifen Paraden das Unentschieden retten.

Sieben Minuten vor dem Abpfiff war aber auch er machtlos. Herr Baumgarten spielte den Ball aus der eigenen Abwehr zu Frau Kaiser. Die Deutschlehrerin spurtete in die Spielhälfte der Schüler und gab ab zu Herrn Bruckner. Der Mathelehrer passte gleich wieder zurück

zu Frau Kaiser, die sich inzwischen auf der linken Seite freigelaufen hatte. Mit einem einfachen Doppelpass war die Abwehr der Schüler ausgetrickst worden! Die Deutschlehrerin stürmte in den Strafraum.

„Rangehen!“, schrie Serkan, aber da war niemand, der die Lehrerin angreifen konnte. Seit Majas Auswechslung klaffte ein Loch auf der rechten Abwehrseite.

Der Torwart hatte keine andere Möglichkeit: Er rannte aus seinem Kasten und warf sich Frau Kaiser entgegen.

Doch Serkan kam einen Schritt zu spät! Er traf Frau Kaiser am Bein. Die Lehrerin stürzte, und der Ball trudelte am Tor vorbei ins Aus. Herr Beckmann, der Hausmeister, pfiff sofort und zeigte unmissverständlich auf den Elfmeterpunkt. Serkan hatte Glück, dass er nicht auch noch die Rote Karte sah!

Er rappelte sich auf und ging zu Frau Kaiser, um ihr auf die Beine zu helfen. Doch die Lehrerin wehrte wütend ab.

„Spinnst du?!“, fauchte sie den Torwart an. „Ich hätte mich verletzen können! Mensch, es ist doch nur ein Fußballspiel!“

Serkan bekam einen Schreck! Er dachte an seine Deutschnote, und die war nicht besonders gut.

Herr Bruckner legte sich den Ball für den Strafstoß zurecht. Mathe lag Serkan viel mehr als Deutsch, aber auch die Note hätte besser sein können!

Serkan kam ins Grübeln, während er in sein Tor zurückschlich. Der wütende, böse Blick seiner Deutschlehrerin ging ihm nicht aus dem Kopf. Vielleicht war es besser, wenn er den Elfmeter nicht hielt? Aber was würden seine Mitspieler dazu sagen? Und Herr Thomsen, der Sportlehrer? Und was war mit seiner Ehre als Torwart?

Sollte er den Ball durchlassen oder versuchen, ihn zu halten? In Serkans Kopf fuhren die Gedanken Achterbahn. Was sollte er nur tun? Wie ein Betonklotz stand er auf der Linie und war nicht fähig, sich zu rühren.

Plötzlich tauchte Frau Kaiser neben seinem Tor auf.

„Gib dein Bestes“, sagte sie, als ob sie seine Gedanken lesen konnte. „Es ist zwar nur ein Fußballspiel, aber wenn wir euch besiegen, dann nur auf ehrliche Weise!“

Serkan sah sie an. Dann nickte er und machte sich bereit für den Strafstoß. Der Hausmeister pfiff, Herr Bruckner lief an, und Serkan flog in die linke Ecke. Er packte den Ball und drückte ihn an die Brust. Jubelnd sprang er auf die Beine.

Seine Mitspieler und sogar ein paar Lehrer klatschten Beifall für diese tolle Leistung. Auch Frau Kaiser nickte ihm anerkennend zu. Nur Herr Bruckner war ein wenig geknickt. Aber darum machte Serkan sich keine Sorgen mehr, als er den Ball nach vorne warf, um den nächsten Angriff einzuleiten.

*In dieser Geschichte stehen viele Worte, die mit „A“ beginnen. Welches ist das längste?*

*Trage das Wort auf Seite 61 bei Nummer 5 ein.*

# Ein Herz und ein Elfmeter

Jenny ist zum ersten Mal in ihrem Leben verliebt! In Holger. Und heute, am dritten Tag der Klassenfahrt an die Ostsee, hat sie ihm einen Liebesbrief geschrieben. Ihre beste Freundin Tina hat ihn Holger gegeben.

*„Lieber Holger, ich liebe dich. Liebst du mich auch?“*

Darunter hat Jenny fünf Kästchen gemalt und *„Ja, sehr“*, *„Ein bisschen“*, *„Weiß nicht“*, *„Später vielleicht“* und *„Nein“* daneben geschrieben.

Beim Frühstück findet Jenny den Brief unter ihrem Teller. Aufgeregt faltet sie ihn auseinander – und wird kreidebleich!

Holger hat nämlich noch ein sechstes Kästchen gemalt und *„Nie im Leben!“* dazugeschrieben.

So eine Gemeinheit! Wütend zerfetzt Jenny den Brief.

„Mach dir nichts draus“, versucht Tina sie zu trösten. „Holger hat eben nur Fußball im Kopf.“

Doch das heitert Jenny auch nicht auf. Gerade weil Holger so gut Fußball spielt, hat sie sich in ihn verliebt. Sie selbst kickt auch für ihr Leben gern. Nächtelang hat sie davon geträumt, mit Holger zusammen über den Rasen zu flitzen und gemeinsam Deutscher Meister zu werden, Europameister, Weltmeister ...!

Jetzt ist der Traum geplatzt. Jenny ist traurig, sehr enttäuscht – und vor allem wütend. Auf Holger. Aber auch auf sich selbst, weil sie Holger den Liebesbrief überhaupt geschrieben hat.

Auf den Ausflug nach Hamburg hat Jenny jetzt gar keine Lust mehr, obwohl sie sich schon seit Wochen darauf gefreut hat. Mit grimmigem Gesicht steigt sie in den Bus ein, und als die Klasse anderthalb Stunden später in Hamburg ankommt, ist ihre Laune noch kein Stück besser geworden.

Weder die spannende Hafenrundfahrt noch das Picknick am Elbufer können Jenny aufmuntern.

Selbst der Höhepunkt des Ausflugs,

der Besuch des HSV-Museums und die anschließende Führung durch das Stadion, macht Jenny keinen richtigen Spaß. Im Gegenteil – als sie den Rasen sieht, auf dem sonst die Profis des HSV spielen, muss sie sofort wieder an ihren Traum denken, der nun nicht mehr wahr werden würde.

Ein paar Tränen laufen über ihre Wangen. Zum Glück bemerkt niemand aus ihrer Klasse, dass sie weint. Schnell wischt sie die Tränen weg.

„Wie kann man an so einem schönen Tag nur so traurig sein?“, sagt da plötzlich eine Stimme.

Jenny schaut auf – und sieht vor sich einen Mann im Trainingsanzug, den sie sofort erkennt! Ein Raunen geht durch die Klasse, als die Schüler begreifen, welche Berühmtheit plötzlich bei ihnen aufgetaucht ist.

„Eigentlich bin ich gekommen, um eure Fragen zu beantworten“, erklärt der Torhüter des HSV und wendet sich an Jenny. „Aber jetzt muss ich wohl erst einmal für gute Laune sorgen. Kannst du Fußball spielen?“

Jenny nickt. Sagen kann sie nichts, dafür ist sie viel zu überrascht.

„Willst du Profi werden?“, fragt der Torwart.
„Klar!“, sagt Jenny, die ihre Stimme wiedergefunden hat.
„Na, dann wollen wir doch mal sehen, was du drauf hast“, sagt der Torhüter des HSV und führt die ganze Klasse auf den Rasen.

Der Keeper stellt sich ins Tor und wirft Jenny einen Ball zu.
„Du schießt drei Elfmeter“, erklärt er. „Wenn du mindestens ein Mal triffst, lade ich dich zu einem Probetraining bei unserem Jugendtrainer ein.“
„Mich ganz allein?“, fragt Jenny.

„Du kannst auch gern noch jemanden mitbringen“, sagt der Torwart und macht sich bereit.

„Wow!“, ruft Holger und will Jenny einen Tipp geben, wie sie schießen soll. Doch sie läuft schon an.

Jenny ist ganz schön aufgeregt! Deshalb trifft sie den Ball nicht richtig, und so hoppelt er nur in Richtung Tor. Der Torhüter hat kein Problem, ihn zu halten.

„So doch nicht!“, stöhnt Holger.

Jenny schaut ihn böse an, bevor sie den Ball wieder zurechtlegt und erneut Anlauf nimmt. Sie wird Holger schon zeigen, was sie kann! Der zweite Schuss gelingt ihr

auch schon viel, viel besser. Ein paar Mitschüler jubeln schon fast, aber dann faustet der Torwart den Ball im letzten Moment doch noch über die Latte.

„Schade“, sagt er zu Jenny. „Das war knapp.“

Die Klasse applaudiert, nur Holger meckert.

„Jenny ist echt zu blöd zum Fußball spielen“, sagt er lästernd zu seinen Freunden. „Die schafft das doch nie!“

„Wart’s nur ab!“, murmelt Jenny und versucht, nicht wütend zu werden. Ganz cool legt sie den Ball auf den Elfmeter-

punkt. Beim Anlauf starrt sie in die rechte untere Ecke des Tores. Dann, bevor sie schießt, schaut sie ganz kurz in die linke Ecke – und der Bundesligatorwart lässt sich davon tatsächlich täuschen! Er hechtet in die linke Ecke, während Jenny den Ball ganz lässig nach rechts schiebt.

„Tooor!“ Begeistert reißen die Mitschüler ihre Arme hoch. Holger jubelt am lautesten.

„Toller Schuss!“, lobt der HSV-Torhüter. „Herzlichen Glückwunsch, du hast das gewonnen. Wen bringst du denn noch mit?“

Holger drängelt sich nach vorn und strahlt Jenny an.

Jenny seufzt. Für einen Augenblick glaubt sie, dass jetzt doch noch alles gut wird mit ihr und Holger. Aber dann schüttelt sie den Kopf. Holger will nichts von ihr. Ihm geht es nur um das Probetraining.

„Meine beste Freundin Tina kommt mit“, sagt Jenny deshalb entschieden.

„Ich?“, fragt Tina verwundert.

„Ja“, sagt Jenny. „Du kannst doch auch gut Fußball spielen, und außerdem hältst du immer zu mir. Auch, wenn ich den Elfmeter danebengeschossen hätte!“

*Was will Jenny werden? Hänge ein „l“ an das Wort, und du weißt, was Autoreifen brauchen, um sicher zu fahren. Was ist es?*

*Trage die Antwort auf Seite 61 bei Nummer 6 ein.*

**Ulli Schubert** wurde 1958 in Hamburg geboren und lebt immer noch sehr gern dort. Er arbeitete als Erzieher und als Sportreporter und schreibt seit 1991 Bücher für Kinder und Jugendliche. Als Kind mochte er vor allem Fußballbücher und Krimis, die er mit der Taschenlampe unter der Bettdecke verschlang. Sein Lieblingshobby aber war Fußballspielen. Das hat sich bis heute kaum geändert. Fußball liebt er immer noch, vor allem den FC St. Pauli.

Mehr über Ulli Schubert erfährst du unter:
www.ulli-schubert.de

**Heribert Schulmeyer**, geboren 1954, zeichnet seit seinem 12. Lebensjahr, nachdem ihm seine Zwillingsschwester verboten hatte, weiter mit Ritterburgen zu spielen. Nach Schule und Studium wurde er Comiczeichner und freier Künstler. Heute arbeitet er für verschiedene Verlage und für den WDR bei der „Sendung mit der Maus“. Heribert Schulmeyer lebt und arbeitet in Köln.

# Knacke das Rätsel!

Sammle von Geschichte zu Geschichte die Antworten zu den Fragen, und trage sie hier ins Kreuzworträtsel ein. Das Lösungswort sagt dir, was bei einem Fußballspiel sehr wichtig ist. Was ist es?

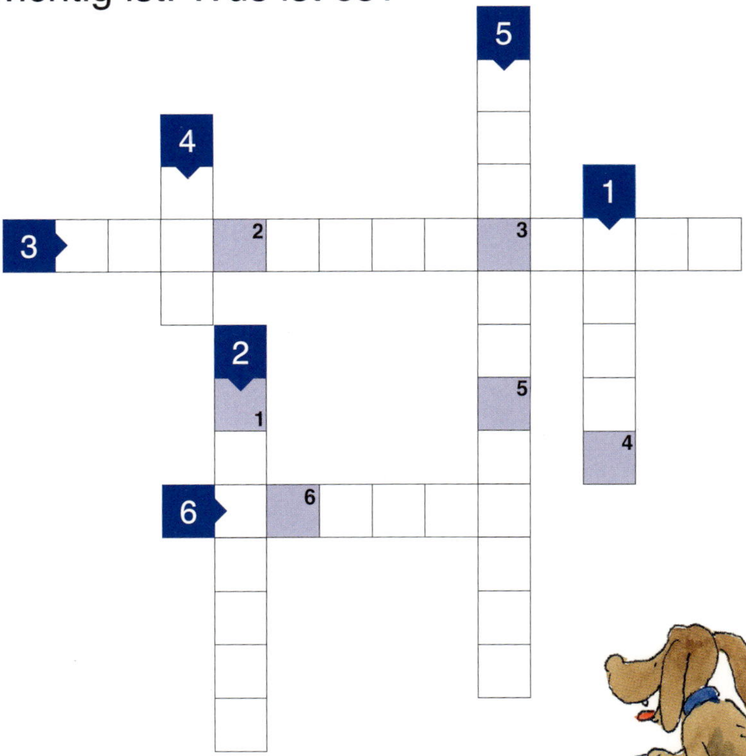


Das Lösungswort heißt:

| 1 | 2 | 3 | 4 | 5 | 6 |
|---|---|---|---|---|---|
| | | | | | |